TROISIÈME ÉDITION

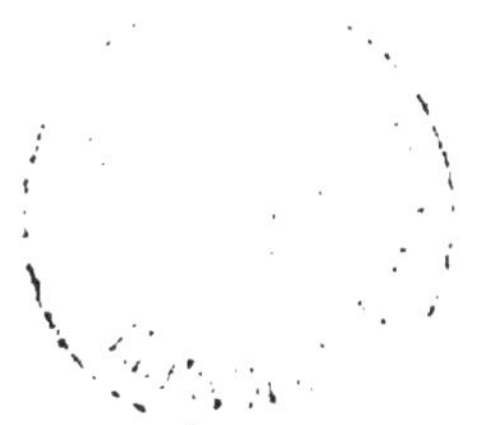

CHARLES VIGNIER

— ALBUM DE VERS ET DE PROSE —

VERS

Entro'uvons la fiole d'où...

AUTOMNE — *Roses roses* — LA GALÈRE — VITRAIL

PROSE

ROMÉO ET JULIETTE OU LES AMANTS DE VÉRONE ET D'AILLEURS

— LE MAUVAIS RICHE —

VOL. 21. — SÉRIE II (N° 9).

BIBLIOGRAPHIE

CHARLES VIGNIER, né à Genève, le 8 mai 1863.

CENTON, volume de vers, 1886.

A PARAÎTRE

CONSEILS sur L'ESTHÉTIQUE, dédiés aux gens du monde, curieux d'art (*imminent*).

LES MATOLES (*roman patriotique*).

HUMAINS (*roman*).

L'ILE DE PROSPÉRO (*vers*).

ALBUM DE VERS ET DE PROSE

Entr'ouvrons la fiole d'où
Ravissante et douce filtre
La vapeur d'un ancien philtre
Hindou,

Son parfum savant efface
La peur d'un rêve incertain,
Et de faible pourpre teint
Ma face.

Parmi l'azur nébuleux
Meurent les flammes moroses,
Nous aurons des cierges roses
Et bleus !

De pétales de fleurs blanches,
Nous parsèmerons les lits
Où lents se pâment les lys,
Tes hanches ;

Cercle ton onduleux col
De sequins et de grains d'ambre,
Et tes yeux, cieux de septembre,
De kohl ;

Et l'on oindra d'aromates
Tes cheveux roux, et les chers
Fards aviveront tes chairs
Trop mates...

Voici tomber chauds et lourds
Les flots où tout esprit sombre,
Les flots du silence, sombre
Velours.

Viens, je connais tel vieux rite !
D'étranges étreintes sont,
Où maint débile frisson
S'irrite.

AUTOMNE

Vague comme un contour de brume qui s'élève,
Au fond du bois morose, un faune alourdi d'ans,
Erre mélancolique et regrettant son rêve.
Les yeux encore empreints de souvenirs ardents,

De triomphants décors, de teintes de féeries,
D'or ruisselant parmi les sauvages toisons
Des nymphes folâtrant en blanches théories,
Ayant gardé le goût de leurs lèvres, tisons

Qui mirent sur sa chair leur trace indélébile,
Il hume avidement, dans l'air veuf de parfums,
Les confuses senteurs, que sa mémoire habile
Ranime aux rameaux secs des bocages défunts...

— Cruelles visions, enivrantes bouffées,
D'insaisissable arome, enlacements divins
De pâles incarnats !... Oh ! vous, mirages fées
Dont les enchantements, comme des flots de vins,

Effaçaient par instant mes grises nostalgies,
Pourquoi vous perdé-je à jamais ? Pourquoi le vent
A-t-il exorcisé vos riantes magies
Sous le glacé contact d'un baiser décevant ?

Il dit !... Et frissonnant à la voix monotone
De la bise qui clame un long vagissement,
Sentant sa fin venir dans cette fin d'automne,
La tête entre ses mains, il pleure amèrement.

Un grand sommeil noir
Tombe sur ma vie ;
Dormez tout espoir,
Dormez toute envie.

Paul VERLAINE

Roses roses, où les rosées
Roulent leurs gouttes d'argyrose,
Roses, on les dirait rosées
Par les fards de l'aurore rose !

O les suaves cantilènes
Que chante à la source enchantée
L'aromè doux des marjolaines !
O chère plainte chuchotée !

O le vent, le vent monotone,
Susurrant dans les feuilles jaunes !
Lamento long du vent d'automne
Qui s'étouffe en les touffes d'aulnes !

La pluie, ô la dolente pluie
Qui nous lancine et nous transperce,
Qui fait que notre âme s'ennuie
Et se fond en la grise averse !

Puis l'heure fuit. Éternel leurre
Qui promet l'heur à notre rêve !
O douleur en le cœur qui pleure,
En le cœur qui pleure sans trêve !

LA GALÈRE

I

Les voix de la mer sont tentantes,
La galère dort dans le port,
Et son rêve ignore l'effort
Des lentes caresses flottantes.

La Dame d'azur dans l'attente
Sourit, augurant d'un bon sort.
Les voix de la mer sont tentantes,
La galère dort dans le port.

Les nuages me font des tentes
D'or. Point de trêve à mes accords,
Doucement je berce la mort,
Et mes couleurs sont inconstantes,
Les voix de la mer sont tentantes.

II

Insinuante, sous la nef qui consent,
La mer bombe son dos frémissant
Et sonne au large les cloches du départ.
Là-bas, tout là-bas, sur son rempart,
La Dame d'Azur, des lilas dans les mains,
Salue. Et la nef s'orne de maints
Pavois, dont la jeune orgueilleuse candeur
Rit aux baisers futurs, à l'odeur
Des vents qu'ont vantés les dorades en or.

Petite nef, pour mieux plaire encor
A la Dame des bleus palais d'horizon
Emplis tes flancs d'une cargaison
De beaux cadeaux naïfs comme ton printemps.
Et vogue ravie aux flots contents.

III

Les flots roulent la nef par leurs vals de délices,
Mais la Dame d'Azur pâlit et s'évapore.
Les lilas d'autrefois se sont mués en lys,
Rêves-tu de sommeil ingénu dans le port ?

Les lilas d'autrefois se sont mués en lys.
Sauras-tu le mystère incertain des calices,
Petite nef ? Oublieuse du calme port,
Cingles-tu vers la lune ou bien sur Singapore ?

Sauras-tu le mystère incertain des calices ?
Il est un air d'oubli que chanterait le port.
Les flots roulent la nef par leurs vals de délices,
Mais la Dame d'Azur pâlit et s'évapore.

VITRAIL

Il défaille emmi l'air des parfums tant amènes,
Qu'on croirait respirer l'âme d'un cyclamen.
Dans l'église l'encens se pâme pour l'hymen
Du soëve Jésus et des catéchumènes.

Abandonnant soudain l'éploré cyclamen,
Les libellules vont — ô combien inhumaines !
Effleurer la neige au front des catéchumènes,
De leurs ailes de mauve et d'ambre d'Yémen.

O ces yeux verts rêvant, ces aigues inhumaines,
Pour qui l'orgue amoureux fit pleurer un Amen !
O Sainte ! En ton vitrail clair d'ambre d'Yémen,
Mon âme ignorera le ciel où tu la mènes.

ROMÉO ET JULIETTE

OU

LES AMANTS DE VÉRONE ET D'AILLEURS

La chambre de Juliette après la nuitée. Mise en scène de rigueur, lit pâmé, odeurs très compliquées. Roméo vient de tirer les rideaux. Sur la cheminée, des cires polychromes, et, fichés aux parois quelques gravures, des pastels impressionnistes.

Roméo adossé contre un meuble, boutonne sa redingote selon le procédé classique. Nerveux, un peu, il roule une cigarette, l'allume, passe sa main dans ses cheveux, toussotte, tente quelques pas, s'empêtre dans des vêtements gisants, grommelle, sacre. De Juliette insoupçonnée jusqu'alors, la tête émerge du lit :

JULIETTE. — A qui en as-tu, mon ami ?

ROMÉO (*indigné, désignant le mur*). — Ce que c'est idiot, ces pastels. En voilà une idée burlesque d'accrocher là ces machines. (*Méprisant*). Tu goûtes cette peinture, toi ?

JULIETTE. — Oui, c'est bizarre, c'est...

ROMÉO. — O ! malice ! c'est moi qui te l'ai dit.

JULIETTE (*un peu acerbe*). — Crois-tu ? Mettons que tu m'aies dit que c'était bizarre; je ne te célerai point que ce jugement me semble un peu vague.

ROMÉO. — Bien ! Bien ! Fais de la critique d'art, maintenant, il ne te manquait guère que cela.

JULIETTE (*sur son séant, d'un ton de reproche*). — Roméo ! Roméo !

ROMÉO (*se rapprochant de son amie, lui prenant les mains*). — Pardon, Juliette, j'ai tort évidemment. Mais je trouve ces pastels tellement saugrenus. Enfin... (*Il lui baise les doigts*). (*Un silence*). Juliette ! Ne veux-tu pas te lever ?

JULIETTE. — Tout à l'heure, mon ami.

Roméo pérégrine à nouveau dans la chambre. Il fume d'un air désœuvré, ennuyé, baille, lime ses ongles, consulte sa montre :

ROMÉO (*à voix basse*). — Trois heures moins vingt-cinq ! Voilà notre partie de canotage dans le lac. Dieu, que cette vie est agaçante !

(*Les dents serrées, courroucé*). Juliette ! veux-tu te lever !

JULIETTE (*ahurie*). — Plaît-il ?

ROMÉO. — Je te dis de te lever.

JULIETTE.— Mais, mon chéri, je suis un peu lasse, permets-moi de reposer encore un moment... rien qu'un quart d'heure. Vraiment, je t'assure que je suis très lasse.

ROMÉO (*brusquement*). — Tu es très lasse, tu es très lasse ! Moi aussi, je suis très las et avec plus de raison que toi. Il me semble que j'ai conquis suffisamment de droits au sommeil. Ce qui ne m'empêche pas... (*Il cambre son torse et assume un port de tête arrogant*).

JULIETTE. — Oh ! vantard ! on croirait que tu paonnes devant des badauds. Penses-tu peut-être m'en imposer par tes discours : je les connais bien tes... exploits

ROMÉO (*pincé*). — Ils ne te suffisent pas. Tu devrais me remplacer par un hercule de foire.

JULIETTE (*pouffant*). — Ton choix n'est pas ingénieux, cher, ils son tous castrats.

Ils rient ensemble. Roméo persuade à son amante de sortir du lit. Mignardises diverses : Juliette tendre, Roméo sobre, contenu sans doute, peut-être un peu distrait. Bien éduqué, néanmoins, il prend Juliette dans ses bras, la promène ainsi quelques pas, non sans effort, puis la campe en pieds sur le tapis, fort essouflé.

JULIETTE (*avec intérêt*). — Tu es fatigué, mon petit Roméo?

ROMÉO (*rogue, pas pose, mais pas mécontent, au fond.* — Dame !

Juliette sans insister moule ses jambes dans de très longs bas violet d'évêque, chausse son pied droit d'une mule, son pied gauche dans une babouche à Roméo et clopinante, s'apprête à vaquer à plus ample toilette. Des ustensiles et des ingrédients sont, dans ce but, par elle ordonnés. Bruits d'eau.

ROMÉO. — Au fait ! à quoi bon t'habiller maintenant ? Il est beaucoup trop tard pour songer à canoter. Et justement il soufflait de petits airs. C'eût été charmant, avec la péniche à voiles.

(*Coléreux*). Avec ça qu'elles sont si nombreuses, les journées où le vent donne.

JULIETTE (*des larmes aux yeux*). — Oh ! ce reproche !

ROMÉO (*soudainement indigné de se découvrir si rustre*). — Mais non, ma chère âme, je ne te reproche rien... je ne te reproche rien... je ne te... (*il lui baise les yeux*). Ne pleure pas, amie.

(*Il la prend mi-consolée, par la taille et la conduit au milieu de la pièce. Devant un miroir*) :

ROMÉO (*vaniteusement apitoyé*). — Tu es bien pâlotte, ma chérie !

JULIETTE (*sans la moindre malice*). — Toi aussi, mon ami, mais cela te sied à ravir.

ROMÉO. — Hem ! hem ! (*court silence*). Vois-tu, Juliette, Dieu sait que je ne te reproche rien, mais en somme laisse-moi te dire qu'il est bien regrettable de ne pas réaliser notre projet d'aujourd'hui... Ne m'interromps pas, je te prie... d'aujourd'hui... hem !... eh oui !... Il y a temps pour tout, que diable, et tu me savais très désireux de...

JULIETTE (*de très bonne foi*). — Mais mon ami, ce n'est pas de ma faute !

ROMÉO. — Comment, ce n'est pas de ta faute ! N'est-ce pas toi qui m'a retenu...?

JULIETTE (*anecdotique, sans souci de sa dignité ; d'une voix qui est toute caresse*). — Non, monsieur, c'est vous au contraire, qui m'avez éveillée pour me conter vos secrets et m'enjôler avec des paroles douces et jolies.

ROMÉO (*décidément hargneux*). — Fallait-il que tu les écoutasses ! Et ta complicité est antérieure. Puis vraiment, tu t'abandonnes avant que d'avoir combattu. Ta vertu est si aisément corruptible.

Juliette sanglotte. Roméo perplexe roule une cigarette, un geste d'impérieure nécessité et sans regarder Juliette :

ROMÉO. — Ecoute moi un peu, ma chère enfant. La vie que nous menons, encore que j'en sache comme toi, (*avec finesse*) les délicats agréments, est, sans conteste trop futile et ne peut convenir uniquement aux gens de valeur que nous sommes. Les temps actuels sont plus sérieux que tu n'as l'air de le croire. (*Prédicant*). Je t'assure, amie, que les personnes graves et distinguées qui veulent bien nous honorer de leur sympathie et qui d'ailleurs, sourient gracieusement à nos amours, finiraient, à la longue, par trouver que cela se passe un peu trop comme dans Baoville. Des mœurs aussi primordiales étonneraient. On en arriverait à supposer que nous cachons notre jeu... et par ce temps d'émeute qui court... Et crois-moi, nous mêmes, nous lasserions... Aujourd'hui, vois tu, il faut que l'homme ait un but dans la vie... (*l'air tout ahuri de sa conclusion*) la femme aussi... la femme aussi, (*furieux*) ne m'interromps pas...

Oui d'ailleurs, notre état présent, cette espèce d'hypéresthésie — spéciale s'explique scientifiquement : ne nous livrant à nul travail intellectuel, nous ne donnons pas lieu à la production des reflexes cérébraux, et par là-même, nous exagérons l'influence des reflexes de la moëlle. Tu comprends (*un peu dédaigneux*) malgré cette terminologie technique ? Il est humiliant pour nous d'être aussi passifs que cela ! C'est pourquoi, je te le repète, (*très vite*) il faut que nous ayons un but dans la vie.

JULIETTE (*trop emphatique, vraiment*. — Et l'amour, n'est-ce pas un but qui peut suffire !

ROMÉO (*interloqué, mais n'en voulant pas convenir*). — Certes, certes ? (*Pour donner le change*). Tu me débites des phrases de livres... (*subitement inspiré*). Eh ! non ! l'amour n'est pas un but dans la vie. Du moins l'amour comme tu sembles l'entendre. Me vois tu à cinquante ans, chauve et brèche dents, proclamer en larmoyant « que l'amour fut le but de ma vie »; comme Casanova, alors ? Non, depuis longtemps déjà, je médite des plans d'avenir, mon intelligence vaut de s'occuper à d'utiles objets. L'étude de la sociologie m'a toujours séduit. (*triomphant*) Tiens, Juliette, hier même, j'ai demandé au cabinet de lecture, la *Théorie des quatre mouvements* de Fourier, œuvre magistrale, malgré ses incohérences.

JULIETTE (*souriante*). — Je t'en ai tant vu prendre de livres au cabinet de lecture, que tu n'as jamais lu.

ROMÉO. — Paix, Juliette, je t'en prie. A partir de demain, je commencerai à piocher ma sociologie. Mais toi, ma chérie, il faut aussi t'adonner à quelque occupation sérieuse ; veux tu apprendre l'allemand, ou plutôt non, etudie la botanique, c'est très coquet, tu sécheras des fleurs et je te ferai des étiquettes pour tes herbiers.

(*Tombant à genoux devant Juliette*). Veux tu ! ma petite Juliette, veux tu étudier la botanique ? (*Il la baise sur la nuque, aux cheveux*). Veux tu étudier la botanique, dis ? (*caresses frivoles et qui peu à peu s'aggravent*) veux tu étudier..... tes cheveux sentent bon, mon aimée, (*balbutiant*) la botanique, la bota... (*silence*) veux-tu, ma chère âme ? (*résolu*) décidément, le jour me fait mal aux yeux, je clos les rideaux... viens, ma Juliette, je t'en prie, (*il l'entraîne*).

JULIETTE. — Et la botanique ?

ROMÉO. — Pardon, mon aimée de toutes les sornettes que je t'ai débitées. (*A part hypocritement*). Au fond, la journée était perdue.

LE MAUVAIS RICHE

C'était un poète glorieux et très beau qui causait :

— Il vous a plu, dolents comparses de mes jours sombres, à vous surtout, complices bien chères de mes nuits blanches, de manifester à maintes reprises, d'un étonnement, saugrenu peut-être, en constatant que, parmi vous, lorsque je cesse de regarder en moi-même, — lassitude, lâcheté ou mépris — lorsque je *vis*, en un mot, je ne suis pas, moi non plus, exempt de ces tares un peu mesquines, de ces qualités ou de ces défauts... inférieurs, disons simplement secondaires, dont votre modestie congrue voulait vous parer sans partage. Mon Dieu oui ! je le reconnais aisément, mieux encore, je le formulerai, s'il vous plaît, excellents amis, dans cette langue (notre apanage à nous autres faiseurs de vers), de la sorte suivante : Quand l'Ange en partance bat d'une blanche aile meurtrie devant la Bête déchaînée, rien alors, ne me différencie du pire d'entre vous.

Car, fourbe, vil, féroce, il vous est apparu que je puis l'être, n'est-ce pas ! avec quelque succès; d'aucuns *m'en gardent* probablement et soigneusement une *dent* comme vous dites, celle-là même que je leur ai enfoncée en vive chair; vous, mesdemoiselles, qui consentez parfois, après de préalables et laborieuses négociations, à nous honorer de vos actuelles et jamais dernières faveurs, vous avez raconté, sans jamais parvenir à les exagérer, nos farces moroses, pendant les heures que, soyons pudibonds ! *nous avons passées ensemble.*

Cela et le reste. Je crois inutile d'insister davantage. Je prêche à des gens convaincus, autant que moi, de ce fait-ci : vous échappant par le haut, vous distançant par le bas, il est des points médians et banalement humains, où je vous rejoins d'absolue façon.

Prenons, afin de fixer vos idées, celui de ces traits qui nous est le plus commun, peut-être : la sentimentalité... Que j'ouvre là une parenthèse vous obligeant à remarquer combien je suis à la fois humble et outrecuidant; humbler de montrer un tel revers à une médaille qui semblait brillante et irréprochablement frappée, outrecuidant d'oser ainsi me targuer, de prime-abord, sans nulle préparation, de cette affection particulière de l'âme, que les plus parfaits d'entre les médiocres hésitent à revendiquer. Eh bien oui, pourtant ! cette tumescence superfétatoire, ce lichen primordial, cette floraison embryonnaire et subalterne — de bleu nuée, prétendent les bien-diserts d'entre vous, — a ses périodes d'épanouissement en moi. Il m'est arrivé, c'est l'us consacré, de sécher des roses marries par un trop long séjour sur tel corsage; je ne citerai que pour mémoire les bagues en cheveux, les blagues en soie, les scapulaires, les coffrets de santal où, pieusement et définitivement surtout, l'on enfouit *ses* lettres...

Des aventures me sont échues; j'en ai même suscitées. Une, entre autres, que je narrerai avec votre permission ! La voici, nullement littéraire d'ailleurs, sans aucun fard, sans nulle pompe, ainsi qu'il convient :

Un matin, après je ne sais plus quels abrutissants divertissements qui n'avaient pris fin qu'à l'aurore, je rencontrai, dans les Champs-Élysées, une jeune fille, couturière ou modiste se rendant à son travail — que je remarquai pour l'unique raison capable à ce moment d'éveiller ma curiosité, pour une habitude froissée : Elle ne m'avait pas, quand je passai auprès d'elle, accordé le regard bienveillant, dont c'est la coutume des femmes de me gratifier. (Vous n'êtes pas sans avoir observé, messieurs, encore que peu d'attraits vous favorisent, que ce regard témoigne d'une aménité plus accentuée sous l'influence de températures spéciales; j'en ai essuyé de merveilleux par certaines somptueuses après-midi d'automne commençante.) Or en de telles conjonctures, le manque d'égards de cette donzelle me choqua... m'intéressa plutôt. Je la suivis. Elle était laide, non pas de cette laideur rancunière et quasi agressive des vieilles filles, que la haine de l'homme a investies, mais d'une laideur douce, résignée. Pauvrement vêtue, elle passait le long des édifices,sans heurt, en s'effaçant, fluide presque...

Mais tôt d'ailleurs, cette inconnue ne m'intriguait plus : j'avais déjà oublié le motif qui m'avait fait la suivre, et si, d'un pas machinal, je persistais à marcher derrière elle, c'est que, vraiment, je n'avais aucun but et que cette passante m'était devenue trop indifférente pour que je daigne modifier ma route.

Elle joignit une compagne, et toutes deux pénétrèrent dans l'allée d'une maison de la rue Saint-Honoré.

A la seconde où elle disparaissaient, soudainement, chimériquement, comme en un conte du Maître Banville, une idée — absurde — s'empara de moi. Rions en de concert, mes bons amis, c'est du dernier falot! Je jugeai, hi, hi!... je jugeai... quelle devait être mon atonie!... je jugeai qu'il serait beau, à *moi* d'offrir pendant une nuit, à cette sûre nostalgique d'amour, l'illusion parfaite qu'elle était, hi, hi!... qu'elle était aimée... hi, hi, hi! Vous ne riez pas, c'est pourtant du dernier... Car je ne puis pas invoquer comme excuse l'attrait d'une froide expérience à tenter; le satanisme de don Juan n'était pas le mobile qui me guidait; bien au contraire j'ai agi sous l'empire mal dissimulé d'un sentiment humanitaire, d'un besoin de vague à l'âme à satisfaire.

Bref, je mis mon idée à exécution. Il me faut néanmoins vous avouer que cette obtuse peccadille est de date récente. Elle porte en effet l'empreinte d'un affaissement irrémédiable, quoique prématuré, de l'organisme. A une époque antérieure, je pouvais, crésus insoucieux de sa fortune, m'accorder ce royal plaisir de ne jouer avec les idées que le temps qu'il faut pour effeuiller une marguerite; maintenant, et ce m'est une amère jouissance, je dis, avec le même orgueil que Baudelaire :

Voilà que j'ai touché l'automne des idées,

de sorte que, fussent-elles banales, mes idées, je les recueille avec un soin prudent et m'empresse de leur donner corps.

Dans le cas dont nous occupons présentement, il me semble oiseux de vous détailler les moyens employés; qu'il vous suffise de savoir qu'après une dizaine de jours d'une cour minutieuse et apparemment plausible, j'avais amené cette jeune fille à ce point, où la seule pudeur (ultime et instinctive rébellion du divin animal qu'est la femme) demeure à vaincre par le subterfuge élégant que vous suggèrera votre native délicatesse... J'abrège, n'est-ce-pas?

En vérité je n'avais pas trop mal auguré le résultat, et ce matin-là, après « la nuit en question », je pus lire sur le visage endormi de celle qui, désormais, vivra de ton rêve réalisé, les caractères non équivoques de la félicité suprême.

Ma mission était accomplie, aussi bien, je me sentais un

peu ridicule et j'avais hâte de m'en aller. Je me vêtis sans bruit afin de ne pas éveiller ma béatifiée, et je partais... au seuil de la porte je me ravisai pour poser doucement sur le guéridon une pièce de dix francs... toute neuve!

A cette partie du récit, le conteur fut interrompu par les exclamations indignées de tout son auditoire. Même qu'une de ces demoiselles, se faisant, de propos délibéré, le porte-personne de la société dit au poëte, avec un air pincé :

— Comment ! dix francs ?... vous un millionnaire !...

Evidemment honteux, celui qu'on incriminait de la sorte se leva, et répondit, un sourire un peu contraint errant sur ses lèvres :

— Ma toute belle, cette apparente ironie était peut-être, dans l'espèce, la dernière et involontaire manifestation d'une âme jadis trop noble et qui baguenaudait pour cacher sa détresse.

CHARLES VIGNIER.

Messageries de la Presse, BRUXELLES, 16, rue du Persil, 16.
Librairie Universelle. Paris, 41, rue de Seine, 41.
Direction : Bruxelles, 62, rue du Marteau, 62.

www.ingramcontent.com/pod-product-compliance
Ingram Content Group UK Ltd.
Pitfield, Milton Keynes, MK11 3LW, UK
UKHW021041200726
13857UKWH00005B/1860

9 782011 904980